www.ingramcontent.com/pod-product-compliance
Lightning Source LLC
LaVergne TN
LVHW041607111224
798880LV00009B/363
* 9 7 9 8 6 1 6 3 7 6 4 9 7 *